JOANN SFAR JOSE LUIS MUNUERA

DIE POTAMOKS

TERRA INCOGNITA

CARLSEN VERLAG

Joann Sfar, geboren 1971 in Nizza, studierte Philosophie und Malerei in seinem Geburtsort und Morphologie in Paris. Erste Veröffentlichungen hatte er in dem von der französischen Künstlervereinigung L'Association herausgegebenen Magazin »Lapin«. Heute arbeitet er zusammen mit Tronchet, Emmanuel Guibert und einigen anderen Comic-Zeichnern in einem gemeinsam geführten Atelier. In Zusammenarbeit mit Pierre Dubois entstand 1996 seine erste Albenreihe »Petrus Barbygère«. Mit »Die Potamoks« tritt er nun erstmals als Texter für einen anderen Zeichner in Erscheinung.

Jose Luis Munuera, geboren 1972 im Süden von Spanien, wo er noch heute lebt, studierte fünf Jahre angewandte Kunst, brach das Studium dann aber ab, weil es ihn nicht recht befriedigte, daß man dort allenfalls lernen konnte, Marcel Duchamp zu kopieren, er selbst aber zu seinen großen Vorbildern eher Giraud und Uderzo zählte. Schon lange träumte Munuera davon, einmal ein Album bei einem der erfolgreichen französischen Publikumsverlage zu veröffentlichen. Mit »Die Potamoks« gelang ihm ein von der Kritik begeistert aufgenommenes Debüt.

Gedruckt auf chlorfrei gebleichtem Papier

CARLSEN COMICS
Lektorat: Uta Schmid-Burgk, Joachim Kaps,
Andreas C. Knigge, Marcel Le Comte
1. Auflage April 1997

Aus dem Französischen von Joachim Kaps
TERRA INCOGNITA

Lettering: Julia Höpfner-Meyer
Herstellung: Wiebke Düsedau
Druck und buchbinderische Verarbeitung:
Stiewe GmbH Berlin

ISBN 3-551-73101-2
Printed in Germany

In einer der kargen Zellen des Asyls von Hermes sitzt der alte Guru Silas mit seinen Schülern Yoram und Aulis zusammen.
WANN FAHREN WIR LOS, MEISTER?
MEISTER?
WAS?... BALD! WIR FAHREN BALD...
RIECHT IHR AUCH DIE SALZIGE BRISE, DIE DIE INSEL UMWEHT? WENN MAN SICH KONZENTRIERT, ERZÄHLT SIE EINEM VON DER ZUKUNFT...
DAS IST DER HAUCH DES ABENTEUERS...

Der von einem bunt gemischten Völkchen bewohnte Archipel von Eurysthe wird vom Geyron regiert, einer Art demokratisch gewähltem Rat, dem drei der Ältesten des Archipels vorstehen. Die Eurystheer leben in völliger Abgeschiedenheit vom Rest der Welt um sie herum. Die Seeleute befahren zwar die Küstengebiete um die Inseln, haben sich aber noch nie auf das weite Meer hinausgewagt. Da die Eurystheer ein friedliebendes Volk sind und keinerlei Eroberungsgelüste hegen, hat dies aber auch noch nie jemanden gestört. Bei jedem Neumond tritt der Geyron zusammen, um sich über die neuesten Erkenntnisse in den wissenschaftlichen Disziplinen ins Bild setzen zu lassen.

DAS IST NICHT GANZ RICHTIG. ER ERKLÄRTE VIELMEHR, DASS DER MENSCH EIN SEHR WEIT ENTWICKELTER NACHKOMME EINES VORFAHREN DER AFFEN IST...

ABER ALL DAS WISSEN WIR BEREITS, PROFESSOR. KOMMEN SIE BITTE AUF DEN PUNKT!

ABER GERN, VEREHRTER ÄLTESTER: NACH INTENSIVER FORSCHUNG BIN ICH ZU DER AUFFASSUNG GELANGT, DASS SICH AUCH AUS ANDEREN FORMEN INTELLIGENTES LEBEN ENTWICKELT HABEN KÖNNTE.

AUS TÜMMLERN ODER EIDECHSEN KÖNNTEN EBENFALLS MENSCHENÄHNLICHE WESEN ENTSTANDEN SEIN.

KURZUM: ICH GLAUBE, DASS ES MENSCHLICHES LEBEN, WIE WIR ES KENNEN, NICHT NUR AUF EURYSTHE GIBT.

ICH MUSS DOCH UM RUHE BITTEN! WORUM ICH SIE ERSUCHEN MÖCHTE, IST DIE AUSRÜSTUNG EINES FORSCHUNGSSCHIFFES, DAS ES MIR ERLAUBT, ÜBER DIE MEERE ZU SEGELN UND MEINE HYPOTHESE ZU ÜBERPRÜFEN.

WAS FÜR EIN UNSINN!
UNSERE SCHIFFE SIND DAFÜR NICHT GEEIGNET.
KEINES VON IHNEN WÜRDE EINE SOLCHE REISE ÜBERSTEHEN.

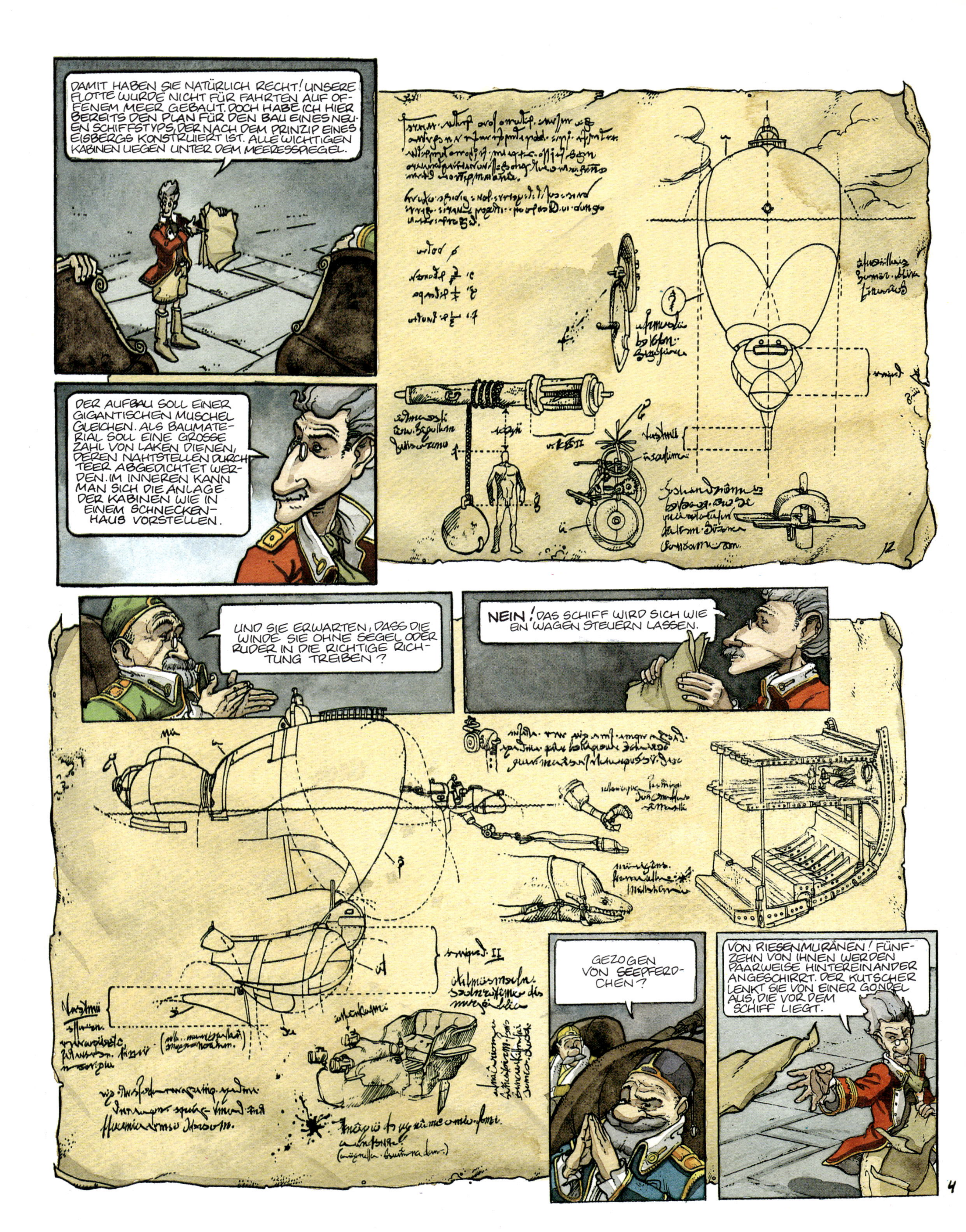

DAMIT HABEN SIE NATÜRLICH RECHT! UNSERE FLOTTE WURDE NICHT FÜR FAHRTEN AUF OFFENEM MEER GEBAUT. DOCH HABE ICH HIER BEREITS DEN PLAN FÜR DEN BAU EINES NEUEN SCHIFFSTYPS, DER NACH DEM PRINZIP EINES EISBERGS KONSTRUIERT IST. ALLE WICHTIGEN KABINEN LIEGEN UNTER DEM MEERESSPIEGEL.
DER AUFBAU SOLL EINER GIGANTISCHEN MUSCHEL GLEICHEN. ALS BAUMATERIAL SOLL EINE GROSSE ZAHL VON LAKEN DIENEN, DEREN NAHTSTELLEN DURCH TEER ABGEDICHTET WERDEN. IM INNEREN KANN MAN SICH DIE ANLAGE DER KABINEN WIE IN EINEM SCHNECKENHAUS VORSTELLEN.
UND SIE ERWARTEN, DASS DIE WINDE SIE OHNE SEGEL ODER RUDER IN DIE RICHTIGE RICHTUNG TREIBEN?
NEIN! DAS SCHIFF WIRD SICH WIE EIN WAGEN STEUERN LASSEN.
GEZOGEN VON SEEPFERDCHEN?
VON RIESENMURÄNEN! FÜNFZEHN VON IHNEN WERDEN PAARWEISE HINTEREINANDER ANGESCHIRRT. DER KUTSCHER LENKT SIE VON EINER GONDEL AUS, DIE VOR DEM SCHIFF LIEGT.
12
4

DAS KLINGT ALLES NETT, DOCH WELCHE MANNSCHAFT SOLL EUCH AUF DER FAHRT BEGLEITEN?

EINE GUTE FRAGE, GROSSER PONTIFE! ICH DACHTE AN EINE BESATZUNG VON DREISSIG KRIEGSERPROBTEN UND BEWAFFNETEN MÄNNERN, DAZU EINEN KARTOGRAPHEN...

... EINEN KOCH, EINEN ZEICHNER...
IHR TRÄUMT, PROFESSOR! WOLLT IHR DAS LEBEN UNSCHULDIGER BÜRGER AUFS SPIEL SETZEN?

GEFANGENE VIELLEICHT?
UNSERE GEFÄNGNISSE SIND LEER. ICH FÜRCHTE, SO KOMMEN WIR NICHT WEITER.

UND WENN ICH EINIGE INSASSEN AUS DEM ASYL VON HERMES MITNEHMEN WÜRDE? SIE SIND IHRER BÜRGERRECHTE OHNEHIN ENTHOBEN.

AUCH DIE ARMEN IM GEISTE SIND GESCHÖPFE GOTTES! ICH PROTESTIERE AUFS SCHÄRFSTE GEGEN DIESE...

IHR SOLLT SIE BEKOMMEN, ASCLEPIOS. ZEHN MANN, ABER KEINEN EINZIGEN MEHR. DIE DISKUSSION IST BEENDET!

5

Tagebuch von Professor Asclepios am 38. Raisinos 5473...
Heute werde ich meine Mannschaft unter den Insassen des Asyls von Hermes auswählen.
Da ich die Bedenken der Kirchenvertreter gegenüber meiner Forschung kenne, hatte ich erwartet, daß man es mir so schwer wie möglich machen würde. So war ich nicht enttäuscht...

WILLKOMMEN, PROFESSOR. ICH BIN DER LEITER DER ANSTALT. FOLGT MIR BITTE.

UM EUCH ZU ENTLASTEN, HABE ICH PERSÖNLICH EINE VORAUSWAHL VON ZEHN MÄNNERN GETROFFEN, DIE SICH EIGNEN KÖNNTEN.
HMM... ICH HÄTTE LIEBER SELBST GEWÄHLT.

MACHT EUCH KEINE SORGEN. IHR WERDET MIT MEINER WAHL ZUFRIEDEN SEIN.

ÄH... IST ES DENN NÖTIG, SIE GEFESSELT ZU HALTEN?
KEINE SORGE, DAS LIEGT NUR AN UNSEREN VORSCHRIFTEN.

AUCH WENN SIE ZWANGSJACKEN TRAGEN, SIND SIE NICHT UNBEDINGT GEFÄHRLICH.

VERSTEHE...

NEIIIIIN!!

KNOCS
OUCH!

AAARG!

BANG
BANG

BANG

BANG
RARGTH!

?
CLICK
CLICK

RARGHT!

POW

WER... HAT GESCHOSSEN?

NUN GUT, WIE ES AUSSIEHT, FEHLEN UNS JETZT VIER MANN. LASSEN SIE UNS DIE ERSETZEN UND DIESMAL MICH DIE AUSWAHL TREFFEN, UM WEITERE KATASTROPHEN ZU VERHINDERN.

So konnte ich mir zumindest vier halbwegs normale Besatzungsmitglieder auswählen, von denen einer Kommandant Saturn, der ehemalige Anführer der Bogenschützen von Eurysthe, war.

Er litt seit einem Streit mit seiner Frau, bei dem diese ihm das rechte Auge ausgestochen hatte, unter starken Depressionen.

Bei den drei anderen war meine Wahl auf einen alten Guru und seine beiden Schüler gefallen. Ich glaube, die Kirche hatte die drei eingesperrt, weil man ihnen Ketzerei vorwarf.

... ABER ES GIBT AUCH GEHEIME WORTE, DIE AUS REINEM GEFÜHL BESTEHEN UND VON ALLEN WESEN DER WELT VERSTANDEN WERDEN. SELBST DIE STEINE VERSTEHEN SIE. EIN PAAR KENNT IHR SCHON ...
DAS LACHEN ZUM BEISPIEL. YORAM, BRING MICH DURCH EIN GEHEIMES WORT ZUM LACHEN.

MÜMBLE MÜMBLE

GAR NICHT MAL SO SCHLECHT. NUN ZU DIR, AULIS.

TiUUUUUUU ♪

ABER NEIN, DAS WAR FALSCH ...
...

DAS WAR DER SEUF-ZER DER LIEBE, DURCH DEN MAN ...

HMM ... LASS UNS FÜR EINEN MOMENT ALLEIN, MEIN JUNGE, JA ?

Zz

HE, KLEINER !

BRING DAS DEM KAPITÄN. ER HAT SEIT GESTERN ABEND NICHTS GEGESSEN.
IST RECHT, PROFESSOR.

EUER ESSEN, KAPITÄN!

HAT JA LANGE GENUG GEDAUERT. WAS WAR DENN IN DER KÜCHE LOS?
ÄH ... DER KOCH IST TOT, KAPITÄN.

WIE DAS?

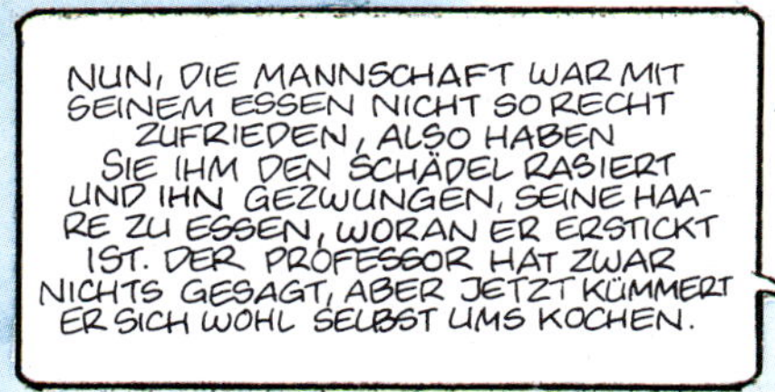

NUN, DIE MANNSCHAFT WAR MIT SEINEM ESSEN NICHT SO RECHT ZUFRIEDEN, ALSO HABEN SIE IHM DEN SCHÄDEL RASIERT UND IHN GEZWUNGEN, SEINE HAARE ZU ESSEN, WORAN ER ERSTICKT IST. DER PROFESSOR HAT ZWAR NICHTS GESAGT, ABER JETZT KÜMMERT ER SICH WOHL SELBST UMS KOCHEN.

WAS FÜR EIN ALPTRAUM! ES WÄRE BESSER GEWESEN, IM ASYL ZU BLEIBEN. DA WAREN DIE KERLE WENIGSTENS ANGEKETTET.
JA.

SAGEN SIE MAL, KAPITÄN, WIE GEHT MAN BEI DEN MÄDCHEN VOR?
WIE MEINST DU DAS?
POP!

NA, WIE MACHT MAN SIE VERLIEBT?
DAS IST GAR NICHT SO EINFACH, ES WILL GELERNT SEIN.

WEISST DU, DIE FRAUEN SIND VOR ALLEM FÜR DIE ANIMALISCHEN SEITEN DES MANNES EMPFÄNGLICH. WAS SIE GANZ INSTINKTIV AN UNS MÖGEN, IST DER WILDE, DER ABENTEURER AUS LEIDENSCHAFT IN UNS.

WENN DAS SO IST, VERSTEH ICH ABER NICHT, WARUM AULIS SICH UNSEREM ALTEN MEISTER HINGIBT. ER IST DOCH SCHON GANZ SCHRUMPELIG.
KEINE FRAGE, ABER DURCH SEINE GRAUEN SCHLÄFEN IST ER TROTZDEM EIN DOMINANTER MANN. SEIN WISSEN IST MACHT.
SNIF SNIF

UND AUSSERDEM, MEIN KLEINER, SO VIELE ANDERE MÄNNER HAT AULIS BISLANG NOCH NICHT ZU SEHEN BEKOMMEN, ODER ?
WAS SOLL DAS HEISSEN, KAPITÄN ?

NUN, ABGESEHEN VON DIR NATÜRLICH...
HA! HA! HA!

?

KAPITÄN, WAS IST DENN DAS DA VORN ?

DAS? HMM... SIEHT AUS WIE...
...EINE INSEL !

LAND IN SICHT, PROFESSOR!
LAND!

LAND!

WIE EIGENARTIG... SIEHT AUS, ALS BEWEGT ES SICH AUF UNS ZU...

UND AUF DER OBERFLÄCHE SIND IRGENDWELCHE GEBÄUDE... SEHEN AUS WIE TÜRME...
13

NEIN, DAS SIND MASTEN. EIN SCHIFF, MEINE FREUNDE. DAS IST EIN SCHIFF!
ES IST GRÖSSER ALS EINE STYGENISCHE TARASKE!
UNGLAUBLICH!
GRÖSSER ALS DAS KLOSTER VON EUROPA, IN DEM ELFTAUSEND JUNGFRAUEN SCHMACHTEN!

BEI DEN MITESSERN VON GIBBOUS! MEHR WÜRDE, MEINE FREUNDE! BEDENKT, DASS WIR VOR DEM ERSTEN KONTAKT MIT EINER UNBEKANNTEN ZIVILISATION STEHEN!
DENKT IHR DENN, DAS SIND EURE TIERMENSCHEN?

JA! EIN SOLCHES BOOT KANN NUR VON EINER WEIT ENTWICKELTEN SPEZIES ERBAUT WORDEN SEIN.

NEHMT KURS AUF DAS SCHIFF, SATURN! ICH MUSS MICH VORBEREITEN.

"HALLO, LIEBE FREUNDE!" NEIN... ZU SCHLICHT.

"SEID GEGRÜSST, EDLE FREMDE, ICH ÜBERBRINGE EUCH DIE GRÜSSE DER MENSCHEN VON EURYSTHE."

"JA, AUCH WIR SIND MENSCHEN... UND STAMMEN VON DEN AFFEN AB."
PSSS
LAMARCK

SCHNELL, PROFESSOR, KOMMEN SIE! ES NÄHERT SICH!
?

SIE HABEN UNS NICHT GESEHEN! SIE WERDEN UNS RAMMEN!!

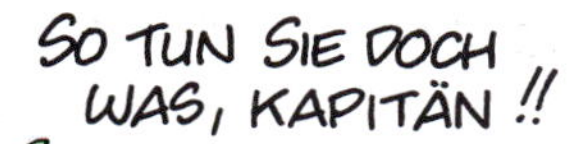
SO TUN SIE DOCH WAS, KAPITÄN!!

SIE SIND ZU SCHNELL, PROFESSOR, WIR HABEN KEINE CHANCE!

ÖOUMMM...
?

WIR MÜSSEN VON BORD! SCHNELL!!

DAS WIRD UNS AUCH NICHT VOR DEM UNGLÜCK BEWAHREN!

!?!
16

DIE NETZE! VERSUCHT, IHRE NETZE ZU ERREICHEN! DAS IST DIE EINZIGE CHANCE!

RARGHT!!

?

CRASH
17

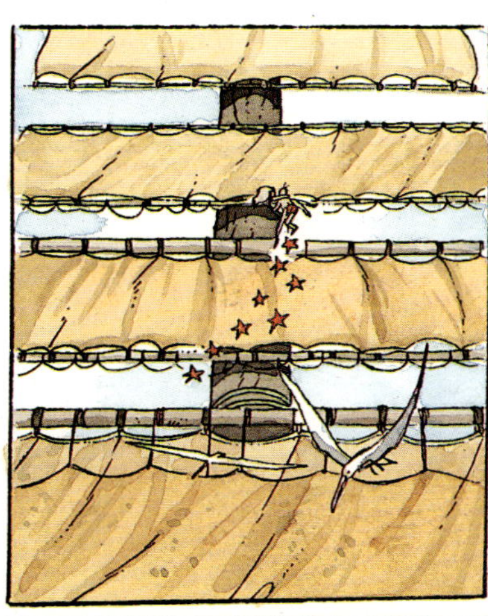

ALSO, ICH FINDE DAS ALLES GAR NICHT NETT!

KOMM HER ZU ONKEL SILAS, ER GIBT DIR ZUM TROST EIN KÜSSCHEN...

POUM!

DAS WAR NICHTS, MEINE HERREN! ES BRAUCHT SCHON MEHR, UM MICH AUS DER RUHE ZU BRINGEN!

Yo naci con una alma de pirata...
?

!

VORBEI, MEIN GUTER! HA! HA! MAGIE SIEGT ÜBER GEWALT!

POCK!

HE!
?
CHOFS!

MAN SCHLÄGT KEINEN, DER SCHON AM BODEN LIEGT!
!

Psssst!

UND EINEM FEIND, DER NOCH LEBT, DREHT MAN NICHT DEN RÜCKEN ZU!

POW!

HUSCH, HUSCH, ZURÜCK INS KÖRBCHEN, IHR INNEREIEN!

?
20

NICHT SO SCHNELL! ICH WILL DER ERSTE SEIN, DER SIE ZU GESICHT BEKOMMT, DIE NEUEN, WUNDERBAREN ...

... WESEN ...

TCHAK!

AAAACHT!
!
!
!

MENSCHEN ...
21

BEI DEN EIERN DES DUMMEN TOT. WIE SOLL ES NUN WEITERGEHEN, NACHDEM WIR ETWAS SPASS MIT IHNEN HATTEN?
WIR HÄNGEN SIE AUF!
JAWOHL!
UND KÖPFEN SIE!
GENAU!
UND REISSEN IHNEN DIE NÄGEL AUS!
JAUU!

ABER MEINE HERREN! ICH BITTE SIE, BEGEHEN SIE IN IHRER RAGE KEINEN FOLGENSCHWEREN IRRTUM!

DER GUTE MANN HAT RECHT. WIR KÖPFEN DOCH NIEMANDEN AUF BRUTALSTE WEISE.

ES GIBT SUBTILERE WEGE

HOP!

HÖRT MIR ZU, IHR ANALPHABETEN. LEIDEN IST EIN KOSTBARES GUT UND WILL MIT SCHARFSINN UND WITZ VORBEREITET SEIN.
32 Arten zu sterben

MAL SEHEN... WAS HABEN WIR DA DENN SO? DIE PLANKE?... ZU KLASSISCH...

ZÄHNE AUSREISSEN, PÜRIEREN, ERTRÄNKEN, AUGEN AUSSTECHEN, ACHTTEILEN...
AH! "INNEREIENFEUERWERK". NEHMT DEN KLEINEN DA!
!?

ZUNÄCHST SCHNEIDET MAN DIE BAUCHDECKE AUF UND SUCHT NACH DEM ENDE DES DARMS, DAS ANSCHLIESSEND AN DEN MAST ANGEBUNDEN WIRD. DANN REIBT MAN DEN HINTERN MIT ALKOHOL EIN UND SETZT IHN IN BRAND! DAS OPFER BEGINNT SOGLEICH UMHERZURENNEN UND VERTEILT DADURCH SEINE INNEREIEN IN DER GANZEN GEGEND.
HA!
KLAP!
HA!
BRAVO!

QUARTIERMEISTER NESTOR FLUXUS, WÜRDET IHR MIR WOHL ERKLÄREN, WAS DIESES DURCHEINANDER SOLL?
AAAAARG!

NICHTS BESONDERES, MEISTER GERARD! WIR AMÜSIEREN UNS MIT DEN SCHIFFBRÜCHIGEN, DIE WIR AUFGELESEN HABEN!

KOMMT VON MEINEM SCHILD HERUNTER, UND LASST DIESE LEUTE FREI!

TAUSENDFACHEN DANK, MEIN HERR! ES FREUT MICH, HIER ENDLICH EINEM ZIVILISIERTEN MENSCHEN ZU BEGEGNEN, UM MEINEN PFLICHTEN NACHKOMMEN ZU KÖNNEN... SEID GEGRÜSST, EDLE FREMDE, ICH ÜBERBRINGE EUCH DIE GRÜSSE DER MENSCHEN VON EURYSTHE.

HMM... DIESE GEGEND KENNE ICH NICHT.
KRÖACK!
ES HANDELT SICH DA UM EINEN HERRLICHEN ARCHIPEL, DER EIN GUTES STÜCK ÖSTLICH VON HIER LIEGT. ER HAT EINE SCHILLERNDE FLORA UND EINE VIELFÄLTIGE FAUNA. DOCH IST ALL DAS NICHTS IM VERGLEICH ZU UNSEREN FRAUEN, DIE...
BEI SO EINEM SCHÖNEN LAND HABT IHR SICHER EINE GEWALTIGE ARMEE?

ABER NEIN, ABER NEIN! WIR SIND FRIEDLICHE MENSCHEN, DIE IHR LEBEN DER WISSENSCHAFT GEWIDMET HABEN. KÄMPFEN IST NICHT ALLES.

DAS SEHE ICH ANDERS.
ICH BIN EIN MEISTER DES KRIEGES, GERARD SINGLE MALT DER JÜNGERE, ANFÜHRER DER KRIEGSFLOTTE LEVIATHAN XIII SEINER MAJESTÄT IMHOTEP, DES HERRSCHERS VON ÄGYPTEN, UND REISE IM AUFTRAG, DIE UNBEKANNTE WELT ZU ERFORSCHEN, ZU UNTERWERFEN UND ZU KOLONISIEREN.

23

ABER ALL DIES WOLLT IHR DOCH WOHL NICHT MIT EURYSTHE MACHEN?
DOCH, UND EURE BERICHTE HABEN UNS DABEI EINE MENGE ZEIT GESPART, DENN BIS EBEN WUSSTEN WIR ÜBERHAUPT NICHTS VON DER EXISTENZ DIESES ARCHIPELS.

ER WIRD EINE HERVORRAGENDE AUSSENBASIS FÜR UNSERE KRIEGSFLOTTE ABGEBEN, VON DER AUS WIR DIESE GEWÄSSER, DIE UNS BISLANG NOCH VÖLLIG UNBEKANNT SIND, VIEL LEICHTER ERKUNDEN KÖNNEN. DANK EUCH WERDEN WIR BINNEN KÜRZESTER ZEIT DIE HERRSCHAFT ÜBER DAS GESAMTE GEBIET ÜBERNEHMEN.
ABER...
FLUXUS, WIRF DIE GANZE BAGAGE IN DIE GEFANGENENGONDEL!
24

GUT.

UND WAS GENAU MACHEN WIR JETZT ?

DER STOFF, AUS DEM DIESE GONDEL GEBAUT WURDE, SCHEINT FESTER ALS METALL ZU SEIN.
SELBST WENN WIR IHN ZERSTÖREN KÖNNTEN, MÜSSTEN WIR ERTRINKEN.

UND WENN WIR DURCH DIE TÜR GEHEN ?

WIR HABEN KEINE WAFFEN, UND DIE KERLE DA DRAUSSEN SCHEINEN MANNIGFALTIGE MÖGLICHKEITEN ZU KENNEN, EINEM DAS LEBEN SCHWER ZU MACHEN.
ER HAT RECHT, ALLES IST VERLOREN. SEHT EUCH NUR DIE KETTEN AN. WIR HABEN KEINE CHANCE!

DIESE WILDEN WERDEN EURYSTHE DANK MEINER GRENZENLOSEN NAIVITÄT EROBERN, UND WIR KÖNNEN NICHTS TUN, UM SIE DARAN ZU HINDERN.

HMM... SIEHT SO AUS, ALS LIESSEN UNS KRIEGSKUNST UND WISSENSCHAFT IM STICH, WENN'S MAL DRAUF ANKOMMT.
DU, ZIGEUNERIN, HÄLTST DICH BESSER ZURÜCK!

SEI STILL, GORILLA! WAS UNS BETRIFFT, PROFESSOR, SO ERLAUBEN SIE MIR, SIE DARAN ZU ERINNERN, DASS SIE UNS AUF DIESE REISE UNGEFRAGT MITGENOMMEN HABEN. DA IST ES WOHL DAS MINDESTE, DASS SIE UNS HIER HERAUSBRINGEN.
25

ABER MEINE LIEBE, WAS SOLL ICH DENN TUN? WIR SIND WEHRLOS UND GEFESSELT.

JA, ICH WAR VERANTWORTUNGSLOS. ICH HABE EUER LEBEN AUFS SPIEL GESETZT, UM WESEN ZU ENTDECKEN, DIE JENSEITS MEINER VORSTELLUNGSKRAFT LAGEN. BITTE VERGEBT MIR!
NA, NA, NA...
TAP

NUN, SCHEINT SO, ALS BRÄUCHTEN WIR HIER JEMANDEN, DER STÄRKE UND WEISHEIT VERKÖRPERT...
DER KÖRPER DES WEISEN LEIDET NOCH AN SEINER VERLETZUNG UND HOFFT, DASS MAN ES OHNE IHN SCHAFFT... BITTE, KINDER!

NA GUT... YORAM!

?!
JA?

SCHNAPP DIR DIE MÜCKE!!
ZZZZZZZZ

SNAP!
ZZZZZZ

CRUNCH

FLOPS!
?

CLAP CLAP
! !

FLIEG DURCH DEN LUFTSCHACHT DA OBEN UND FINDE HERAUS, WIE WIR ENTKOMMEN KÖNNEN!

26

ZZZZZZZZZZZZ
ZZZZZZ
!
?

ER IST JETZT SCHON EINE GANZE WEILE WEG ...
JA.

SIEHT SO AUS, ALS MÜSSTEST DU AUCH EINE ESSEN UND NACHSEHEN, WO ER GEBLIEBEN IST, AULIS.
ICH FÜRCHTE, DAS WIRD NICHT GEHEN ...

... WEIL DER PROFESSOR GERADE DIE LETZTE VERSCHWENDET.
HÄTTET IHR SIE GEBRAUCHT ?!
GAGH!

NA GUT, DANN ISS IRGENDWAS ANDERES ... **DU MUSST IMPROVISIEREN!**

?

GNAP!

FLOPS

! !
COF!
COF!

HILF MIR, DIE ANDEREN ZU BEFREIEN, DAMIT WIR ZUSAMMEN FLIEHEN KÖNNEN.
ABER...

KEIN "ABER". SETZ DEINEN HINTERN IN BEWEGUNG UND ÖFFNE DEN VERSCHLUSS DER KETTEN! VORSICHT, DA SIND WACHEN!

ICH WERFE IHNEN EIN SEIL RUNTER. PROFESSOR, WIR BRAUCHEN IHRE HILFE ...
ABER MEINE KETTEN?
KEIN PROBLEM!

NEHMEN SIE MEIN GLASAUGE HERAUS!
BITTE?

CLAC!

ICH HABE EINEN KLEINEN DIETRICH DARIN VERSTECKT.

29

DAS IST JA PHANTASTISCH!!
?

EINZIGARTIG! IHR SEID EINZIGARTIG!

SCHWEINE AUF DEM HÖCHSTEN STAND IHRER EVOLUTION!

NEIN! WENN ICH ES RECHT BEDENKE, KEINE SCHWEINE, SONDERN SCHWEINEARTIGE. MIT RÖTLICH GETÖNTER SCHWARTE.

ICH NENNE EUCH: "POTAMOKS", "ASCLEPIOS POTAMOKOS GRAUERI". POTAMOKS, HAHA! MIR ZU EHREN SOLLT IHR VON NUN AN POTAMOKS HEISSEN!

WIR NENNEN UNS "UZUS".

30

BLUM!

IHR MÜSST SIE VERSTEHEN, IMMERHIN HAT MAN UNS ÜBER 400 JAHRE UNTERDRÜCKT...

!
CROCK!

ABER ICH HABE MICH NOCH GAR NICHT VORGESTELLT. ICH BIN ATAL ZORECH, BERATER UND ERZIEHER DES JUNGEN PRINZEN UMROOTH, ZU DEM IHR VORHIN GESPROCHEN HABT.

WIR SIND ROTE UZUS, DIE ZIVILISIERTESTEN UNSERER ART.
ERSTAUNLICH!
UGH!

GEHT IN DECKUNG! DA VORN KOMMEN SCHWARZE UZUS. **DAS SIND RICHTIGE BESTIEN!**
AH?

Z

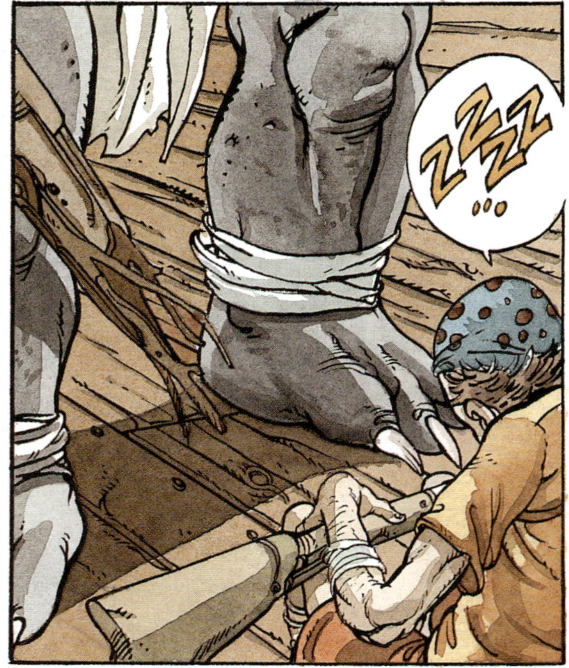
ZZZZ...

CROK!

HI! HI!

RIIIIING

WAS GIBT'S ?

HIER FLUXUS, MEISTER, WIR HABEN DA EIN PROBLEM MIT DEN SKLAVEN !

VERSTEHE ! GLAUBEN SIE, SIE KRIEGEN ES WIEDER IN DEN GRIFF ?
WOHL KAUM, MEISTER ! HIER GEHT ES ZIEMLICH RUND !

GEBEN SIE ALARM ! VERDOPPELN SIE DIE WACHEN BEIM WAFFENLAGER UND WARTEN SIE AUF MICH !
33

VERSTEHEN SIE JETZT, WARUM ICH MICH IMMER FÜR SEGELSCHIFFE STARK GEMACHT HABE?
HALTEN SIE SICH BEREIT, FLUXUS. WENN DIE SCHWEINE FEIERN MÖCHTEN, SPIELEN WIR IHNEN ZUM TANZ AUF!

34

35

SAGEN SIE, DER GROSSE DA IST DER ANFÜHRER?
JA, ABER NUR ANFÜHRER DER ROTEN UZUS. DER EHRENWERTE PRINZ UMROOTH.

LEIDER EIN PRINZ OHNE EIGENES REICH: IN ÄGYPTEN SIND ALLE UZUS VERSKLAVT WORDEN.

PAF
IHR HABT KEIN EIGENES LAND?
NEIN, ABER EINST WERDEN WIR EINS HABEN!

BLOM!
ZUMINDEST HAT MAN UNS DAS IMMER VERSPROCHEN.
"MAN"?

DIE GÖTTER NATÜRLICH!
VERSTEHE!

MEISTER! MEISTER! SIE HABEN DIE WAFFENKAMMER EINGENOMMEN!!
MIST!

ALLES IST VERLOREN.
YiPee!
POW

BLOOM
SOLANGE SIE DIE BESATZUNG MASSAKRIEREN, SOLLTEN WIR DIE CHANCE ZUR FLUCHT ERGREIFEN!
JA, WENIGSTENS SIND DIESE UNWÜRDIGEN JETZT MAL ZU ETWAS NÜTZE.
FOLGT MIR!
?!

36

!
...IRGENDWIE WÜRDE ES MIR DOCH WEH TUN, ALL DAS HIER DIESEN WILDEN ZU ÜBERLASSEN.

ÖFFNET DIE SCHLEUSEN UND BLOCKIERT SIE DANACH.

HA! HA!

FLOPSSSH!
GUTE REISE, IHR SCHWEINE!
37

WIR HABEN GESIEGT! WIR HABEN GESIEGT!
FAST RICHTIG, MEIN JUNGE.

GENAUER GESAGT, HABEN SIE GESIEGT!
OHééé OHé OHé OHé...

SAMMELT DIE GEFANGENEN EIN UND FERTIGT UNS EINE WÜRDIGE FAHNE AN! IM NAMEN DER SCHWARZEN UZUS ERGREIFE ICH BESITZ VON DIESEM SCHIFF!

VON HEUTE AN WERDE ICH, M'SOGIB, DER KÖNIG DER PIRATEN, SCHRECKEN AUF ALLEN MEEREN UND IN ALLEN LÄNDERN VERBREITEN, ZU DENEN DIESES SCHIFF UNS FÜHRT ...
BOSS, DIE LADERÄUME WERDEN ÜBERFLUTET! DIE GANZE NAHRUNG IST VERLOREN!!

PAH, DAS IST NICHT SO SCHLIMM! WIR HABEN GENUG MENSCHEN GEFANGEN, UM FÜR EINE WEILE ÜBER DIE RUNDEN ZU KOMMEN.

NEIN!
!
38

NEIN, M'SOGIB! SOLANGE ICH LEBE, WERDEN KEINE GEFANGENEN GEGESSEN.
ACH JA?

DANN MUSST DU STERBEN!

YAARGH!
Autsch!
POW

BOUF
THUD

REISST IHN IN STÜCKE!
!

DAS IST GEGEN DAS RECHT, M'SOGIB.

DU DARFST EINEN PRINZEN NICHT TÖTEN!
39

DU HAST RECHT...
FISSH!

...ABER ICH DARF IHN INS MEER WERFEN, UND DICH DAZU!
HI! HI!

Derweil, im Rumpf des Schiffes...
!!
FLOOSSSHH!

!
GLO GLO
FOSH!

PSHHHHH
!!

VRRR!

40

ALLEZ-HOP! GRÜSST DIE FISCHE VON MIR!

HA! HA!

NEIN, DIE MEN-SCHEN NICHT. DIE WER-DEN WIR ESSEN.
CHOFS!
CHOFS!

HA! HA! SEHT EUCH DIE-SES HERRLICHE SCHAU-SPIEL AN! DIE MONARCHIE GEHT BADEN!

WAS...?
SWOSH!
?

BONK

SCHNELL! KOMMT!
VRRRR

41

UFF! UFF! UFF!
RRRRRRRRR
RRRR

FEUER!
PAWNG!
PAWN!
RRRRR

BOW!
VRRRRR
BLOM!

! !
SPLASH!

GELUNGENE AKTION!
PLAUDERN KÖNNEN WIR SPÄTER. **KOMMT JETZT!**
GNAP!
ZOOM

PIOWNG!
PIOWNG!
TAUCHEN! TAUCHT UNTER! SIE SCHIESSEN AUF UNS!

BLOUB!
CHOF!
SFLOSSSSHHH!!!
JIIIIPPIIIEH!
42

HA!

HA!HA!HA!

UND NUN ...
RRRRR
RRR

... KURS AUF EURYSTHE! MEINE HERREN POTAMOKS, DER SIEG IST UNSER!

NEIN.

WIR FAHREN NACH ALEXANDRIEN, DER HAUPTSTADT VON ÄGYPTEN.
ICH MUSS MEIN VOLK BEFREIEN.

ABER ... ABER DAS IST DOCH GE-FÄHRLICH!
VRRRRR
IHR MÜSST EUCH NATÜR-LICH NICHT AN-SCHLIESSEN ...

... ABER DANN MÜSST IHR SCHWIMMEN, WEIL ICH DIESES BOOT HIERMIT BESCHLAGNAHME.
!
♪

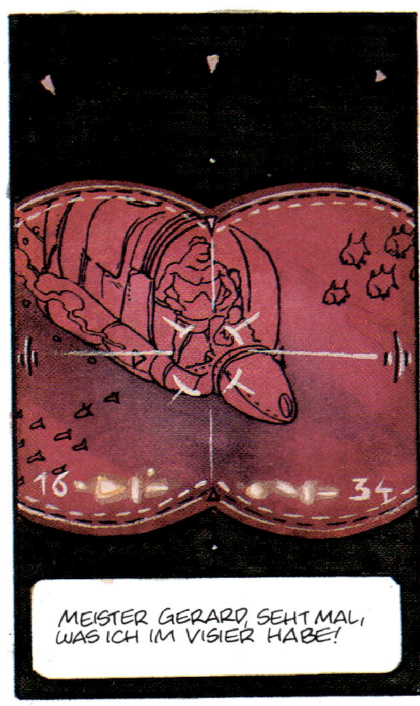

MEISTER GERARD, SEHT MAL, WAS ICH IM VISIER HABE!

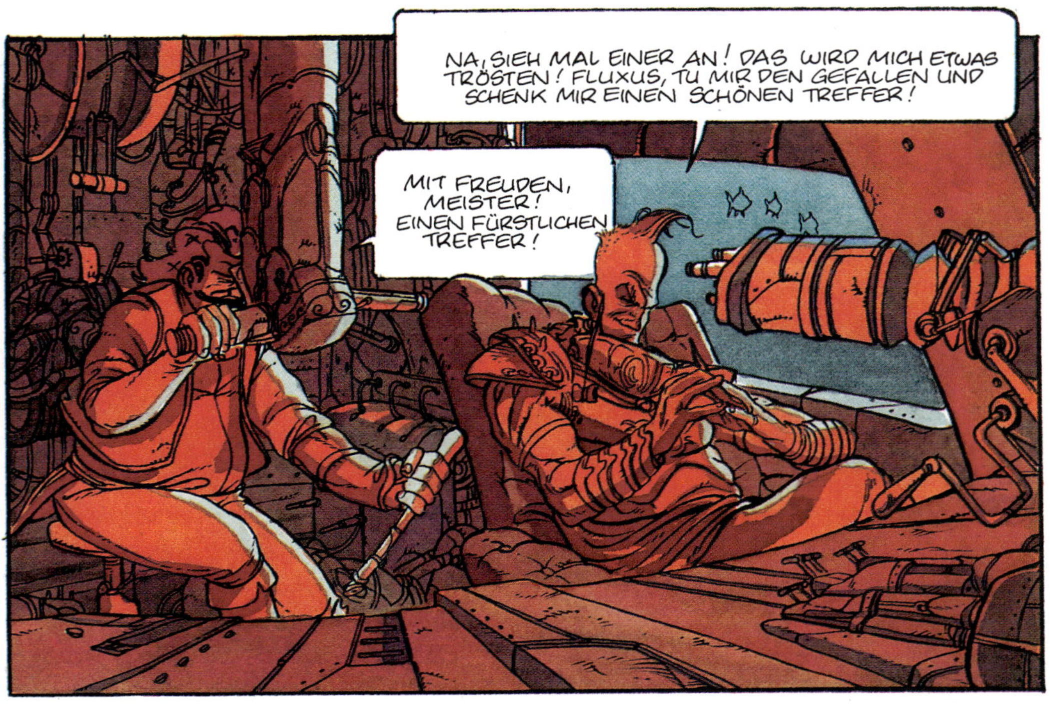

NA, SIEH MAL EINER AN! DAS WIRD MICH ETWAS TRÖSTEN! FLUXUS, TU MIR DEN GEFALLEN UND SCHENK MIR EINEN SCHÖNEN TREFFER!
MIT FREUDEN, MEISTER! EINEN FÜRSTLICHEN TREFFER!

OH, WAS FÜR EIN GROSSER FISCH!
EIN GR...?

SWOOOSH
BEIDREHEN, DUMMKOPF!
VRRRRRRRRRRRRR...

VRRRRRRRRRRRRR
SWOOOOSHHHH...
UFF!

WO KOMMT DIESES DING DENN HER?
POW POW
POW POW POW

VERFLUCHT! SIE HABEN DIE SCHRAUBE GETROFFEN!
WORAUF WARTEN SIE DENN NOCH, PROFESSOR? SCHIESSEN SIE ZURÜCK, VERDAMMT NOCH MAL! MUSS MAN IHNEN DENN ALLES SAGEN?

HMM...
ICH FÜRCHTE, WIR HABEN KEINE WAFFEN!

LOS, FLUXUS. GIB IHNEN DEN GNADENSTOSS!

FLOOSH

!

45

Ende dieser Episode
SFAR
MUNUERA
95
46.